D1672634

www. beltz.de
© Parabel
in der Verlagsgruppe Beltz · Weinheim und Basel
Alle Rechte vorbehalten
Neue Rechtschreibung
Gesamtherstellung: Druck Partner Rübelmann, Hemsbach
Printed in Germany
ISBN 978-3-7898-1003-9
5 6 7 8 9 13 12 11 10 09

Wenn die Ziege schwimmen lernt

Eine Geschichte von Nele Moost
Mit Bildern von Pieter Kunstreich

Parabel

Es gab einmal eine Zeit, da gingen alle Tiere in die Schule. So schnell sie konnten, begaben sie sich zum Unterricht. Am ersten Schultag saßen sie aufgeregt in ihren Bänken und waren neugierig.

Als die Lehrer die Stundenpläne vorlasen, waren viele Ooohs un
Aaahs zu hören. Es gab aber auch manche Iiihs und Buuhs.
„Schwimmen finde ich gut“, bellte ein Schüler. Das konnte er nämlich schon ein bisschen.
„Fliegen finde ich blöd“, blökte ein anderer Schüler. Bei den Fächern Klettern und Laufen waren die Meinungen geteilt.

Dann begann der Unterricht. Die Ente hatte in der ersten Stunde Schwimmen. Das machte ihr Spaß, denn schwimmen konnte sie gut. Am Ende der Stunde schwammen alle um die Wette.
Die Ente erreichte als Erste das Ziel, sie war sogar noch schneller als der Lehrer. Zufrieden schnatternd watschelte sie zur nächsten Unterrichtsstunde, zum Klettern.

Beim Klettern gab sich das Pferd gerade besonders viel Mühe. Es war nämlich schon beim Flugunterricht unangenehm aufgefallen. Im Fliegen hätte es beinahe eine Fünf bekommen und sollte jetzt Nachhilfeunterricht nehmen.
Der Kletterlehrer kommandierte gerade: „Erst die Arme, dann die Beine.“
Laut schnaufend klammerte sich das Pferd mit den Vorderhufen an den dicken Baumstamm, dann nahm es die Hinterhufe dazu.
„Jetzt bloß nicht loslassen“, dachte es.
„Braves Pferd“, sagte der Lehrer und war zufrieden.
Das Pferd war erleichtert. Aber es kam sich auch ein bisschen blöd vor.

Jetzt war die Ente an der Reihe. Sie versuchte, mit den Flügeln den Baum zu umklammern. Aber sosehr sie sich auch gegen den Baumstamm drückte, der Pürzel war einfach im Weg. „Geht nicht“, schnatterte sie, „geht überhaupt nicht.“
Der Lehrer runzelte die Stirn.
Und als der Fisch zum achten Mal versuchte, sich mit dem Maul am Baum festzusaugen, und wieder der Länge nach auf die Erde plumpste, konnte der Lehrer nur noch mit den Achseln zucken. Dieser Schüler war ein hoffnungsloser Fall!
Aber der Fisch hatte Glück. Gerade als der Lehrer ihm eine Fünf in sein Notenbuch schreiben wollte, ereignete sich ein Skandal.

Der Fluglehrer schrie so laut, dass alle Tiere aufhorchten und neugierig zum Flugfeld liefen. Mit rotem Kopf beugte sich der Lehrer über die kleine grünorange gestreifte Raupe mit den Klebefüßen. „Du hast dir also alles genau überlegt!“, schrie er zum dritten Male.
„Ja“, piepste die kleine Raupe. „Ich habe mir überlegt, ich muss jetzt nicht fliegen. Jetzt habe ich erst einmal Hunger und bis zum nächsten Blatt kann ich auch kriechen. Ich muss jetzt nicht fliegen. Das kann ich vielleicht später einmal lernen.“
Daraufhin flog sie trotzdem, aber von der Schule – wegen allzu frechen Betragens.

Die Ziege bekam auch Ärger. „Wir können doch da schwimmen üben, wo Steine im Wasser liegen“, meckerte sie. „Dann kann ich über den Fluss laufen.“
Der Lehrer hielt ihr einen langen Vortrag. Schließlich musste die Ziege versprechen, sich in Zukunft mehr Mühe zu geben.

Der Elefant war am Anfang noch ganz gut im Um-die-Wette-Rennen. Aber dann musste auch er Nachhilfeunterricht im Fliegen nehmen.
Er rannte wütend über das Flugfeld und flatterte mit den Ohren. Mit dem Rüssel machte er „trööööt".
Nach vier Stunden konnte er noch immer keinen einzigen Zentimeter vom Boden abheben.

Da ließ er sich in eine große Pfütze fallen und weinte.
Er hatte ganz und gar versagt, das konnte er nicht verkraften.
Der Lehrer schaute ihn verwundert an.
„Du musst dich schon ein bisschen anstrengen", sagte er.
„Fliegen ist doch wahrhaftig nicht schwer."

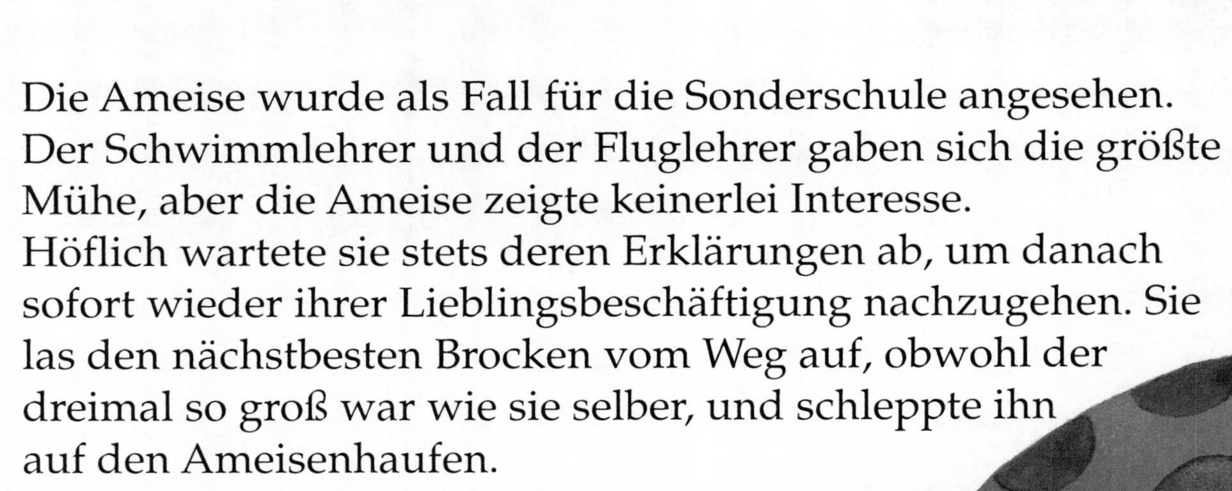

Die Ameise wurde als Fall für die Sonderschule angesehen. Der Schwimmlehrer und der Fluglehrer gaben sich die größte Mühe, aber die Ameise zeigte keinerlei Interesse. Höflich wartete sie stets deren Erklärungen ab, um danach sofort wieder ihrer Lieblingsbeschäftigung nachzugehen. Sie las den nächstbesten Brocken vom Weg auf, obwohl der dreimal so groß war wie sie selber, und schleppte ihn auf den Ameisenhaufen.

Der Kletterlehrer war von diesem Kraftakt begeistert.
Er nahm die Ameise jedes Mal in Schutz, wenn die anderen Lehrer „Problemschüler“ zischelten und „Man muss streng durchgreifen“ murmelten.
„Aber, aber, liebe Kollegen!“, sagte er dann milde lächelnd.

Die Tage vergingen. Und irgendwann war die Ente nicht mehr Klassenbeste im Schwimmen. Sie hatte sich beim Klettern-Üben zu sehr angestrengt.
Das Ende vom Lied war, dass sie einen schrecklichen Muskelkater bekam. Und der Kletterlehrer schrieb ihr trotzdem ein „Mangelhaft" in sein Notenbuch.

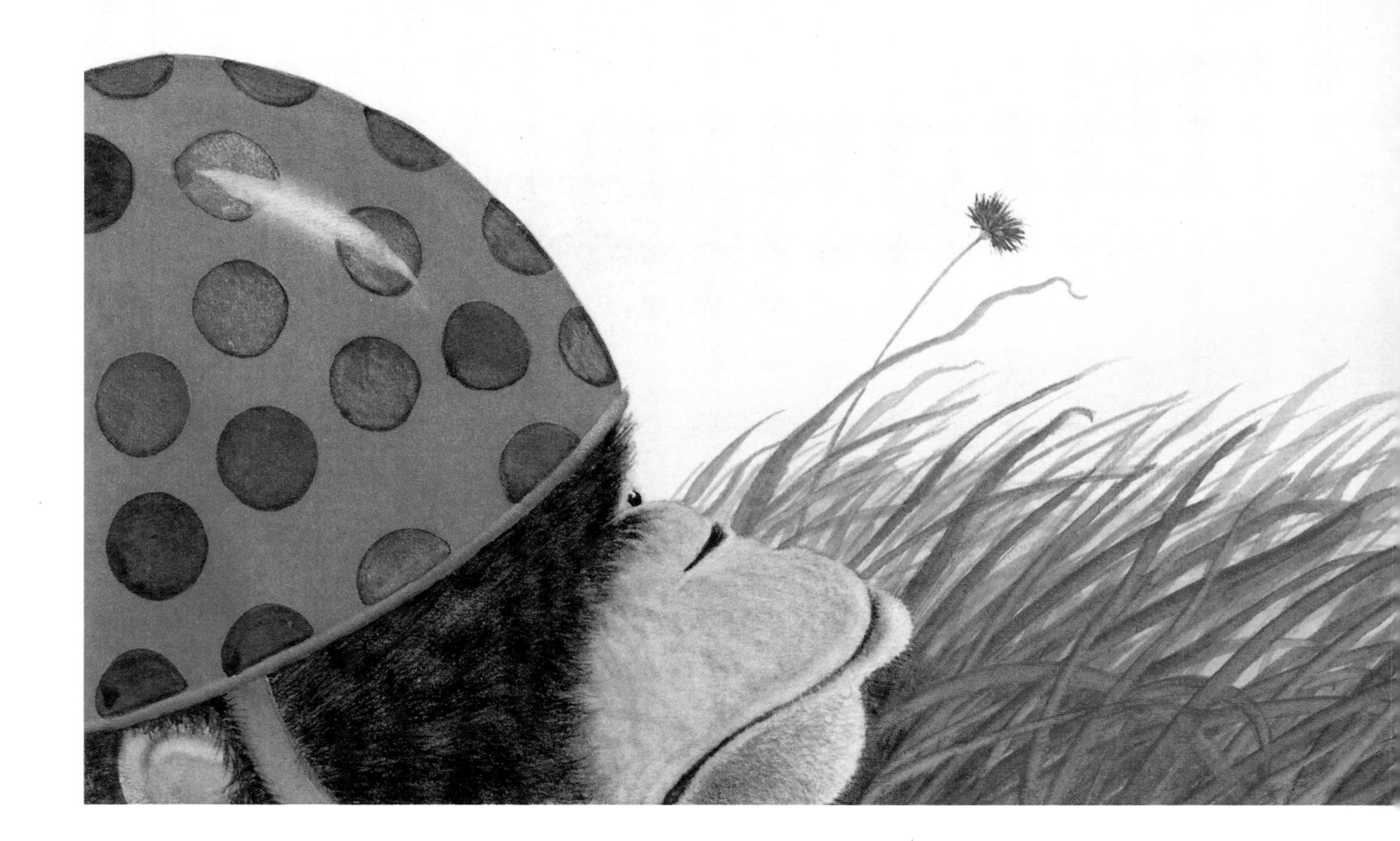

Am Ende des ersten Schuljahres konnte kein Tier mehr etwas sehr gut. Alle hatten nur noch Dreien und Fünfen im Zeugnis. „Unsere Schüler sind einfach gänzlich unbegabt", sagten die Lehrer und schüttelten ihre Köpfe. Dann schüttelten sie noch einmal die Köpfe.
Und dann noch einmal und immer wieder. Bis ihnen ganz schwindlig davon wurde.

Als sie wieder zu sich kamen, packten sie ihre Siebensachen und gingen auf und davon.
Da wussten die Schüler erst gar nicht, was sie tun sollten. Schließlich schwammen der Fisch und die Ente um die Wette. Der Elefant und das Pferd rannten über die Wiese. Die Ziege und die Raupe fraßen saftige grüne Blätter, bis sie überhaupt nicht mehr konnten, und die Ameise baute sich einen schönen großen Ameisenhaufen.
Und jeder machte seine Sache richtig gut.